少年の詩

闇志

竹内新訳

中国現代詩人シリーズ2

監修＝田原

思潮社

少年の詩《うた》

閻志

竹内新訳

中国現代詩人シリーズ2

思潮社

目次

I

II

IV

少年の詩《うた》

I

未来

誰がこの地の伝奇となって
言い伝えられ讃えられるというのだろう
誰が物語の主役となって
有為転変を味わい
捉えどころのない空しさを感じ
或いはまた　天地を感動させるというのだろう

誰の詩句が広場の石に刻まれて
子供たちにしっかりと記憶され
一篇一篇が童謡となり
眠りに入る前の幼い心を動かすというのだろう

何事もあらかじめ知ることはできない
未来はまるで闇夜と同じで捉え難い
だが私は子供たちといっしょになって
昔から歌われた清新な歌を歌おう　そればかりを思う

人に記憶されないならば
いよいよ　忘れ去られるとも言えなくなるだろう

過去

私たちはどうして　何かに心を動かされ
どうしてもこらえ切れずに熱い涙を流すのだろう？
内心の刹那の柔らかさが　私たちを
おまえに向かわせるのだろうか？

花びらが風に吹かれて散り
かつて止むことのなかった泥のなかの必死のもがきが
ひととき留まっているのは
軽やかな気持ちにはなれなかった時の思い出だからだ
切なる　或いはまた氷のように冷えきった面差し

鬼の形相だったという記憶　耐えられなかった言葉
刹那の柔らかさが風と共に吹き過ぎれば
新しくやってくる時間のなかでおまえは簡単に忘れ去られる
もう思い出す人はいないよ

そのひと時を魂といえばいいのだろうか
魂はそのひと時に呼び覚まされ　また吹き消されるよ
心静かにしていられないよ
心の痛みに堪えられなかった歳月
不安だった過去が　意地悪く蠢いているよ

少年

これもまた予知できない旅程ということなのだろう
何時になったら美しい語句や文章がやって来て
生活のそれぞれの細部に深く入り込んで
広野の只中の軽やかな揺らめきに心静かに
耳を傾けるのだろうか

二十年前には気にもしなかった心の動きが
二十年後のある午後に芽を出すのである
そこが海であってもいい　それが紺碧であってもいい
山林の石の小道は依然としてしっかり根を張っている
私たちは道々何を落としてきたのだろう

あくせくと多忙だった午後
仮想空間における親密な触れ合いの可能性を討論して
コーヒーも冷めスタバの灯りも薄暗くなってしまい
一等地のオフィスビルを出た後に
田舎の少年の息吹が真正面から飛び込んでくるのだ

少年は落葉乱れ散る小道を歩いている
午後の陽が付き添って蝉はいつまでも鳴き止まなかった
四季に青々とした樹々も成長を止めることはなかった
老い衰えた歳月は昔から少年のものではなかった
おお　少年よ　それは私であるか

懐かしい想い

私は常々この旅程は間もなく終わりを迎えるものと思っている
いつも思う　私が最高だと見なすことを
心から愛する人たちと分かち合いたい
これがつまり私の全ての切実さの由来だ

都市の横断歩道で
高速道路の出口で
駅で　飛行場で　埠頭で
あなたたちは私の慌ただしさを目にするだろうか
私は美《うま》し景色とそこの全ての時間が名残惜しくて

在りし日のなかで酔い痴れる
陽の光とそよ風は常にいつやって来てもよいのだ
夢うつつのうちに
田舎の眞垣　村の小道
親しみ知り尽くした動物たち　植物たち
ひとつひとつが語りかけてくる

老人たちが繰り返ししゃべる物語
田圃に高く差し上げられた稲穂
私の大切な人たちは
私の懐かしい想いを知っているだろうか

天の果て

これが私の天の果て
海も見えなければ向こう岸も見えない
気力の全部を使い果たしたら到達し
世間のあらゆる恩讐と
春の雨にぬれる杏の花のあらゆる懐かしさを通り抜けて
到達できるという天の果て

一望果てしないのは紺碧の海なのではない
絶望の笑みだけではたどり付けない彼方だ
私の天の果てに　殺気みなぎる様子はない
全くこの世間が存在していないも同然に静かだ

剣を背負って出かける自分が目に留まる
それは少年の探求の旅
だが　すべて何年も後になってからやっと気付くのだ
終点とは起点にほかならないのだと

私はもう戻れない
私の天の果てに　引き返す道は見つからない
背後に果てしのない海があるばかりだ
同じように　向こう岸もないのだ

距離

ある時　否そうでもなくて偶然のことだ　何気ない時に
私はやっぱりおまえを思い出すことだろう
例えば雪の降る日
雪の花が大地をおおう時　おまえを思い出すだろう
おまえは積もった雪の上でにっこり笑う
例えば読んだ文章におまえの苗字或いは名前が出てくる
数文字のうちのどの文字に出くわしても　思い出すだろう
私がかつてそっとおまえに呼びかけたことを思い出すだろう
それから　走り過ぎる車の流れのなかで
思い出すだろう　もし車と慌ただしさが交錯しなかったとしても
おまえはやっぱり元の場所で私を待っている

そして　故郷の小高い山の
ほとんどのものが静まり返った深夜に
私はおまえを思い出すだろう　いとも簡単に思い出すだろう

私はしばらく時の過ぎるのが恐いという日々があった
人は時が経てば簡単に忘却するからだ
今はもう恐いとは思わなくなった
分かったからだ　ある時　否そうでもなくて偶然のことだ
何気ない時にきっとおまえを思い出すことだろう
本当だ　私は感謝する
おまえが私に思い出させてくれることに感謝する
何気ない時にこういう美しものを思い出させてくれることに感謝する
それは例えば　おまえのことだ

覚める

私はただゆっくりと目を覚まそうと思う
必死に持ち堪えている人たちを慰めてあげようと思う
暗い夜に誰が彼らに呼びかけるだろう
都会のバス停で
タクシーのトランクで
夜はいつまでも絡まりもつれている

オレンジ色の街灯　湿った路面
さっき降った雨の残した湿気が　まだ抜けていない
都市のなかにとり残された村の曲がり角に声がして
まだ深夜に留まっている

相変わらずあくせくと忙しい人　乱雑な暮らし
たまたまむせび泣きがしても　それに対する応答はない

言葉の尽き果てるところには
いよいよ真っ暗な語句が待ち
寂寥としたビルは　自身で一人心を痛め
いっせいに開け放たれる夜は
そのたびに　手がスイッチを探り当てられず
夜に対して夜を
継続させるだけ　私はただゆっくりと目を覚まそうと思う
必死に持ち堪えている人たちを慰めてあげようと思う

懐かしむ

おまえには分かるだろう　乱れ降ったあの雨を残しておくことの
困難さ　十五歳の少年は
多感で感傷的だった
おまえには分かるだろう　夜明けのたびにその後方で
地面に落ちて音を立てたのは　連なり連なって
終わりの来ない雨の滴だった

母は温もり　ひとしきり大雨が降ったあと
私は時の流れの深みに身をひそめて
山の頂を探して　追憶する
おまえには分かるだろう　慌ただしい季節に

伸びすぎた蓮の花が
小池のなかで　静まり返るその姿

大通りがあって　そこを真っ直ぐ通ってゆくと
反り返った軒先に雨の滴が　宙吊りになっている
おまえには分かるのだ　私はおまえに告げたことがあるのだ
十五歳の少年よ
どこまでも続く歳月は　窓の外を
風と共に流れ去っている

おまえには分かるだろう　畦道のぬかるみのこと
気に留める人はいない
私が懐かしく思っているだけだ　二十年後には
どんな巡り会いがあるのだろう
それとも別れがあるのだろう　母よ
あなたの温もりのある手は
まだ田舎にある　雨の中にある
やっぱりまだ畦道の上にあるのだ

受け容れる

私たちを受け入れるのは土地の穏やかさだけだ　雨水は
いつまでもそこにあり　舞い漂うチリとホコリは
憶万光年入り混じり
手の平に余熱を残したが
便りは何通も未だに出されていない

私たちには必要だ　五月の湖面にしばらく留まって
静まり返る後ろ姿が必要だ
主役は劇場の上の空にこだましていつまでも消え去ることがない
カーテンコールを受けたばかりで去り難いのだ
別れはやっとのことで上演されるのだ

私たちの土地　雨水　青草を
また巡ってくる繁茂のなかに受け入れよ
私たちの便りは　どんな緑色の滴りのなかも
巡ってくるどんな萎れのなかも
あっという間に去ってゆくが　その舞台は去り難い

カーテンコールのことを忘れ
立ち去ろうとし
再会を拒んでも
次の季節には出会うことになる
私たちの土地　雨水そして時間を
受け容れよ

少年の詩《うた》

一

そっとしておくのもいい　冬にしておくのもいい
二十年だ　もう気にしなくてもいい
年を重ねたのはあれら熟知の草木や歌声だけではないのだ
年年歳歳の盛衰　唐詩　宋詞
年年歳歳の盛衰　春の光　夏の日差し
私たちはもう裏庭にはいない
私たちはもう山坂にはいない
私たちはもう通学路にはいない

私たちは何処にいる？　私たちの歳月は何処にある？
早くもこうなのか？　早くもこのように年経てゆくのか？

二

何と名付けたらよいのか分からない歳月は
何と名付けたらよいのか分からない感情は
二十歳の歌声のなかへ追放した　やっと分かった
歳月というものは残酷だ
愛はもしかすると余りに多くの時間を費やさなければならない
放り出したものと放り出さなかったもの　どちらも
数千年の俗世間のなかにあり
軒下にある　やっと分かった
心ひとつ　胸のうちに長い長い時を過ごし
年を重ね
ゆっくりと老いている

三

久し振りだよ
緑の樹が蔭を成す大通りにも同じように久し振りだよ
その枝先の清々しい息吹にも同じように久し振りだよ

世をさまよう暮らしだから互いが互いのことを忘れていたよ
それでいいのか？　それではだめなのか？
歳月はあっという間に過ぎ去ってもいいのだ
ちょっぴり見える白髪
湖水は相変わらずぼんやり見えている
少年のおまえだけは
まだ時間の峰で風に吹かれて翻っているか？

久し振りだよ
あたふたとやって来てあたふたと去ってゆくよ
そんなおまえに　樹の名前が言えるか？
もし懐かしむ心が　老いることによるのだとすれば
次に相見えることは期待すべきことか？

世間

私の世間？　それともおまえの天下？
「三男御曹司の剣」*には梨の花
雨よ　降るだけ降れ
窓台辺りで海棠は夜毎に物寂しい

おまえは峨眉山にいる？　それとも私は帰り道が分からない？
青二才の心は　吹いて湖面を波立てる懐かしむ心
だが私は帰らない
「胡《なん》ぞ帰らざる」の西域は茫々として大砂漠に竈の煙

世間は狭いというのにどうしておまえの髪先から脱け出せないというのだろう

勇躍して自分を鼓舞しても奇跡は起こらない
歌の終わりに哭くのは一回目だけだ
始まっていない世間なのにどのように終わるというのか？

おまえの深い恨みは
天山の白髪の女の枕元に在る
目に見えない悔いは目に見えない行き止まり
本当はそここそが私の最果てなのだ

＊明を舞台にしたテレビ武侠ドラマ。

日食

見えない黒は飛ぶように走り去り
村々を通り過ぎ感情のなかを通り過ぎる
流民　夜盗　独眼　逃亡犯
茫漠たる原野は果てしのない占有と喪失
最後のライバルは
ひょっとするとおまえか　ひょっとすると去り難い気持ちか

加護は誰も目にすることができない
おまえの覆い隠すキラメキだけは目に入り
ダイヤのリングの眩しい美しさが人の心を戦慄かせる
力は無効　剣は無効　功績は無効　法は無効

世間また世間
人の声ばかりが沸き立っている

ほんの一時期　剣一つで一人旅に出て天地の果てまで行こうとした
だがおまえを導くものは無くなってしまった
単純明快なジャングルのなかで道に迷ってしまい
夜は夜で短くて恐ろしく　昼は昼で影も形も見えず
人の世が様相を変えてゆくときの激しい戦いは
涼風のなかに漂い広がった

おまえの袂は
昼のない世間で
すばやく言い伝えられ
黒と白の恋敵に対する愛憎を言い伝え
世慣れた人のいなくなった水面は
波静かで　平安無事であることを言い伝えた

鹹寧《カンネイ》・温泉

多くの歳月が過ぎ去ったが
鹹寧の温泉は依然として温もりを保っている
写真のなかの人は既に各地に散り散りになったが
竹林は昔のままに緑したたる海だ

我が故里にも
温泉があり
同じように依然として私の心のどこか片隅を暖めている
故里の温泉と鹹寧の温泉には
何か秘密のつながりがあるのだろうか
それは分からない

何かの温もりがこれからもずっと付き添ってくれる
分かるのはそれだけだ

多くの歳月が過ぎ去っても
鹹寧の温泉は依然として温かく
我が身に降り注がれる
何年も前と同じように
ずっと変わっていない

北京・初雪

二〇〇九年十一月一日
洲際ホテルの窓を推し開けると
北京は朝霧のなか
しばらくして
雪が舞った
それは北京の初雪
当たり前のことのように
舞い散っていた

朝食を食べ終わり
部屋に戻ると

雪はすでに相当に降り積もり
既に雪景色に白く包まれているのだった
外は寒く
部屋のなかにも温かみは見当たらなかった

まるで気にも留めなかった出会いに
感激したのだろうか
思い出すことはあるのだろうか
もう随分時が経ってしまっている
北京に降ったその雪はフライトに影響しただろうか
どれだけの面会が邪魔されたのだろうか
雪のせいで予定変更になることは
もっともっと多かったけれども　それはもしかしたら
取るに足らないことだったかも知れない

三亜*

ここは三亜の朝
一切はこんなにも真実と異なっている
亜龍湾はまだ深い眠りのなかにいて
海面は微動だにせず
去年の夏の大雨は
跡形もなく消え去ったが
砂浜に人跡まれなという趣きはない
もし風が吹いても
もしくは　きっと風が吹くから
依然として変えようがない
海上のヨットそして去来する想念に関しては

*海南島最南端の都市。

詩句

おまえには分かっているだろう
こんな時はよくおまえのことが思い浮かんでくる
がらんとした部屋　そしてきらめく深夜

おまえには分かっているだろう
私には幾つか習い性となっていることがある
ある季節になるとまた最初から繰り返されることがある
面影は重くても
少年の峰々は依然として静かだった
おまえが来るか来ないか
二十年後にとっては　取るに足りない些細なことだ

おまえにはきっと分かっている
細部の幾つかは落葉の下に埋もれていて
少年の詩句は　これまで歌われたことがない
だから経験されてきたことが全てなのに
何も発生しなかったように見える
少しも痕跡のない時間の
多さよ

献詩

これはどういう夜なのだろう
またどういう朝になるのだろう
肯定していいのだ
陽の光が射し込んできて
私たちの未知の歳月を温かくするはずだと

これはあなたのきらめき
或いはまたあなたの栄誉
暗澹だろうが苦痛だろうが
終にはあなたのお蔭で遠ざかってゆくだろう

私は自然の音同然のあなたの声に
耳を傾けようと試みている
あなたは善良な人々を
啓発している

心の内を強大にして
明日からは楽しい人間になろう

II

こういうのは——十行詩の一

こういうのはどうだろう
夏の息づかいで　ちょっと追憶するというのは？
例えば明るい太陽
例えば蝉
例えば不安でびくびくしていた暮らし

いつ始まり　そうして終わりになったか？
おまえはきっとそこにいたに違いない
その部屋の物陰で
歳月の裏側で
盗み笑いをしたのだ

過程——十行詩の二

私は慌ただしさを知っている
別れを知っている　さらに
二度目はないということも知っている
だが　相変わらず次を取り逃がしている

時間を咎めたりはしない
場所を咎めたりはしない
人物を咎めたりはしない
結果を咎めたりはしない

過程であるにすぎないのだ
私にも全く分からないのだ

さようなら——十行詩の三

絶対に　さようならまた会おうなどと言ってはならない
もしかしたら　人生にはもともと再会はありえないのだ
過ぎ去ってしまったことはただ夢のなか
未来は？
もしかしたら　それもやっぱり夢のなか

目覚めるのだろうか
目覚めることはないのだろうか
重要なことなのか？重要ではないことなのか？
寝返りを打ってまた眠り込む
或いは　また目を覚ます

もしかしたら――十行詩の四

もしかしたら今日
もしかしたら明日
もしかしたらもう過去のこと
もしかしたらまだ始まっていないこと
もしかしたら一度肩もすれすれにすれ違っている
もしかしたら千年待ち続けている
もしかしたら私は己に背き
もしかしたら己は私に背く
もしかしたら高原にいて
もしかしたら人の世に堕ちている

傷つける——十行詩の五

傷つけたことについておまえは何にも知らずに
何処か暗く陰気なところで待っている
だがおまえは何にも分かってない

マンホールの蓋ひとつ
泥濘ひとつ
わざわざ話題にするまでもない愛情ひとつ

だが私たちは傷つけたことについては何も知ってない
その上何から話を始めるのかが分かっていない
それで忘れてしまうのだ
風に任せれば　跡形も残らない

夜明け――十行詩の六

私たちは意義を追い求めたことがあり
品質を追い求め尊厳を追い求めたことがあった
自分はやっぱり
落ち着こうと思ったことがあった
おまえが目に入ってこないことがあった
同じ道理で　おまえの目に私が見えないこともあった
やり直しは永遠にないと分かった時があった
押し寄せる波にも驚かない時があった
おまえには分かる時があっただろうか
私は目が覚めたまま夢を見て数え切れない朝を迎えていたよ

愛し子――十行詩の七

愛し子よ　ぐっすり眠れ
おまえの安らかな寝姿は私に
とびきり新しい世界を見せてくれる
それは真新しい花
それは虹の彩り
それは草の青々と生い茂る野原
それは小動物の見え隠れする森
愛し子よ　安心しなさい
傷つくことはないよ　失うことはないよ
明日だけがあるよ！　光り輝く明日だよ！

野柳——「台湾十二章」の一

野趣あふれる名前は
どんな秘密を包み込んでいるのだろう
街道を尋ねて
二〇〇〇万年前へと進んでゆけば
女王　姫君
燭台　象
足跡　海

神は降臨したにちがいない
時間は別の方角から始まったのにちがいない
そこは台北から遠くないところ
静まり返るのも一つの態度

海の水が押し寄せてきたとき
名もない台風が過《よ》ぎったが
温もりは少しも残っていなかったのだ

むき出しだったものは疾《と》うに変化している
大海の一番深いところの出会いがあって
売り出され
どこかの湾内に乾されている
それから野柳は
人に知られることとなり
それからというものそこは
声もなく黙々と

台北──「台湾十一章」の二

これが台北というものだ
地震から遠く離れ
不断に祝福されている
喧しい人の群れが四散すると
夜は星明り一つない

古色に包まれた苔は
五月の正午に立ち上がるが
反逆が必要なのは君の心のなかの
一瞬の間の
耀《かがや》き或いは幻滅

台北は哲学のなかの形而上の町内会に
翻った取り決めに
よるもの
広場の片隅で偶然に出会ったのはアルバム『七里香』*
そうなればずいぶん青春に関わりの
ある台北
またまた　一晩眠れず
高らかな或いは重苦しい轟音はもう呼び起こせ
ない台北　曲がり角に
音が流されて
もう一度の
出会い
次回のもう一度の
偶然の出会い

*『七里香』　周傑倫が二〇〇四年に出したアルバム。

日月潭——「台湾十一章」の三

濃い霧のなかに　日月潭は波一つなく広がり
目にありありと見えてくるのは青春であるようだ
深い淵は澄み切っているが　それは
一言が喉につかえて出てこないというだけではない
二言も　三言もあるという風情でもあり
旅立ちの慌ただしい様で道を行く人の
再三のしくじりなのかも知れない

巨大ダムを築くことによってというのも
天地を命名することによってというのも
どれもこれも重要ではない
何故って　おまえはいないのだから

淵の深さは二十七メートル
依然として通り抜けようのない青春

濃い霧のなかに　何度も閉ざされ
定められたものは解きほぐしようがない
整えることはしない
乱れたら乱れるに任せよう

ゆったり羽を伸ばそう
忘れることが一番重要なのかも知れない
重要じゃないとでも？

阿里山——「台湾十一章」の四

二十五年前には絶対にこのときの巡り会いに思い至らなかった
だから人生は予期できないというものだ
それなら私とおまえの次の再会は
朝露のなかに隠れているのか？
それともある日の夕陽のえくぼのなかなのか？

一篇の詩にはとても大きな力がある
だが　詩に期待するようには　期待できない
二十五年後の阿里山の娘は
変わることなく穏やかで美しいし　飾り気がないし
やっぱり変わらずに情愛が深いだろうが
そういうことは十三歳の少年にとっては

永遠に理解できない方程式だ

最後の定めが分かるというだけだ
きっと二人の若者がいて
一人は男の子　一人は女の子
一人は阿里山にいて
一人は大別山*にいる
もしかしたら同時に顔を上げて
空にふわふわ漂ってゆく雲を見る
山の向こう　海の向こう岸を想う
二十五年後の色々なことまでも
だが実際にはその時に思い浮かべたようにはならない
でもそれは重要なことだろうか

私が阿里山に立ったとき
林の奥を女の子が駆け回っていた
それはおまえだったのかも知れない
それならば私たちはまた再び巡り会うのではないだろうか

＊大別山　湖北省から安徽省にまたがる大別山脈。その湖北省側のふもとが閻志の故郷。

高雄港――「台湾十一章」の五

しんと静まり返っている　この文句は二十年後にまた
私の詩のなかに入って来るだろう
私は言葉が底の浅いものだと認めているのだ
たとえ万が一にでも
人類の情感深くまで入って行きようがないのだ

今夜の高雄港は
本当にまるで記憶のようにしんと静まり返り
きらめく灯りも無言
絡み合う感情は海辺の港の片隅に漂い浮かび
波に寄せ集められている

未来はどれも等しく予期できないものだと
私はかねてから言っていた
そして　高雄港よ
おまえを枕にして熟睡すれば
おまえはきっとそれを聞き届けてくれる

私が次へ行こうと決めた足取りは
そうだ　約束した場所へ行こうとする
中年男の足取りだ
高雄港に
向き合えば
このようにしんと静まり返った港だ
後方には突然のことでびっくりしている都市
まるで驚きの止まらないうちに承諾するようなものだ

墾丁――「台湾十一章」の六

かつては荒れ果てた無人の場所
今は人の行き交う賑やかな場所
いわゆる世間の事は推し量り難い
ほとんどのことはこれ以上にはならない

もう一歩進めばそこは太平洋
もう一歩後退すればそこはバシー海峡
寄り合う石ころと
からみ合う植物
砂浜の上で　岩の辺りで　もつれている
常春は遠くないところにこそある

大陸の歌はまだ誰か歌っているのだろうか
一五歳の少年よ
私が鼻歌を歌えば近寄る前におまえは遠くなってゆく
終には一切が予想し難い

様々な形をした岩は　孤島だ
余りの賑わいも特にどうということはない
私にはいつも聞こえるのだ
さめざめと泣く声が海の彼方から伝わってくるのだ

台東の父の従弟――「台湾十一章」の七

前世紀八〇年代末
多くの人が台湾に親戚がいて光栄だと感じていたころ
私の場合も台湾から父の従弟という人が来た
具体的に言えば台湾は台東から来たのだった
だからその時は高雄を知らず台東を知っていたのだった

今日私はやって来た
台東の父の従弟のドアをちょっと敲いてみようと思ったが
父はもう彼の電話番号と住所をはっきり覚えていないのだった
私の方もホテルでその父の従弟という人に
記念の詩一篇を書いているだけだ

この時刻彼も台東にいるはずだが
奇妙なやり方で彼のドアを敲いた若者がいることを
彼は間違いなく知らないというだけだ
彼も遠く大別山の山腹の地に住む親戚のことを
一瞬想い浮かべることがあるのだろうか
ただし彼の想いは及びようもないだろう
大別山の甥が台東に来ていて
一晩中彼のことを心に留めていることには
ただそれだけのことだ

花蓮——「台湾十一章」の八

花の名前
蓮の憂い
そうして花蓮

旅の道中がもうすぐ終わろうとするとき
花蓮は終点の手前に横たわり
おまえに雨を告げる　予想もしなかった雨
おまえに物語を告げる　これまで定説になっていない物語

太平洋に間近いといって　どうということはない
誰が逃げ出そうというのだろう
誰が保存を始めるというのだろう

三仙台には温かい石ころがあり
温かいという結果をずっと当てにしている
それだけは分かる
温かさという始まったばかりの結果

峡谷——「台湾十一章」の九

霧の消えるより前に駆けつけた
おまえとの出会い
二つの山が冷え切った様で寄り合う時に
聞こえたのは　おまえの小さな歌声

岩石はただシルエットであるに過ぎない
一方の側で待ち受けることができるだけだ
二億年前には運命づけられていたのかも知れない
おまえが深く傷ついた後になって　やっと私は
どうしたら物事を愛せるのか　学び取ることができた

ならば私は燕の口元に留まろうか

林立する岩石は黙して語らないけれども
飛び交う燕はきっとおまえの消息に関わりがあるのだから

数万年後も全く同じだ
おまえは相変わらず語らない
まるで愛などどうでもよいと言っているようだ
まるで傷つくことなどどうでもよいと言っているようだ
埃か霧雨が
峡谷のうちを漂うのと全く同じだ
あってもなくても変わりはない

再び故宮――「台湾十一章」の十

流浪して落ち着き場所のなかったそれらの瓶
世に名高いその白菜
そうして同じく世に知られた石の肉に
再び台北で相見えたのだった

誠品書店はすでに全台湾に広く行き渡っている
そして故宮は依然として
二人の別々の心のなかにある＊

手放したなら　解脱は可能なのかも知れないが
極楽浄土に生まれ変わりたいという祈りの役には立たない
幾つかの事は一生に限った事柄ではないのだ

鼎はそこにまざまざと存在しているが
文徴明*が八十七歳で書き上げた蘇軾*の「赤壁の賦」に
三国時代の硝煙はいささかもない

たとえ清明の時節に
「清明上河図」の再現は無理だと分かっていても
別れの時の思い切りよ　耐え難さよ

*「故宮」　北京と台北とに分かれていることを言っている。
*文徴明　一四七〇〜一五五九。明代の文人。詩文・書画に優れた。
*蘇軾　一〇三六〜一一〇一。北宋の文章家・詩人。唐宋八大家の一人。

さようなら台北──「台湾十一章」の十一

私は花の盛りの五月の台北が一層好きになった
私は平穏と万物が共に育つ台北が一層好きになった
私はこの時刻の台北が一層好きになった
辺りの窓のうす明かり
路上にはひとしきり樹の香り
まるで故郷の丘の上にいるようだ
まるで少年時代が都市に思いを寄せているようだ

この台北も遠ざかることだろう
海の対岸からの懐かしい気持ちと　少年の
最後の出会いは　どこかの港か
或いはどこかの山頂に存在するだろう

さようなら台北　もう引き返して行けない時間と
ゆっくりできない待ち時間が
肩を触れ合うようにしてすれ違い
道路わきに盛られた感情が
しみじみ懐かしく思い出される

III

詩作

私が詩を書こうというのは　冬は如何にして
春に変わるのか　幸福な人たちは如何にして
微笑み始めるのか　まさにそれを書くということなのだ

私が詩を書こうというのは　まさに
何人かの誕生日　そうして温かみあふれる名前を
しっかり覚えようということなのだ

私が詩を書こうというのは　まさに
燕の帰りを待つことを習得しようということなのだ
携えてきた歳月については相変わらず何も分からないけれども

私が詩を書こうというのは　まさに
一枚の紙に付けた引っ掻き傷が
いつの間にか　おお跡形もない　というようにすることだ

ゆっくり

私はゆっくり書いてゆける
少年時代の一刻の猶予もないというのとは異なる
幼年時代は流れる水のように過ぎ去っても
故郷は元通りに存在している

私はゆっくり書いてゆける
私たちが通り過ぎた道と峰には
陽の光の注いだ残光が
順を追って灯りを点してゆくランプがある

おまえはゆっくりごらん

あらゆる夜明けと黄昏　そして幾つかの言葉は
いったん発せられたら元には戻せない
おまえは目にしているだろうか？
私はゆっくり歩き　そして書く
おまえのカーテンコールに駆けつけても
まだ間に合うだろうか？

川の流れ

そこを　二本の流れが通っている
一つは高山から　一つは自分の心の内から流れてきて
私はそこの領地の見守り役をしている
しばらくは高山を仰ぎ見る　しばらくは心の内を検見する

高山は　蠢きたい気持ちを時々抑え切れず
心に向かって言う　さあ出かけよう
川の流れは川の流れに返してやろうと

私はやっぱり留まり
あらゆる川の流れはみんな遠方を目指して急ぐ

高山はやっぱり存在し
心はやっぱり存在し
だが私の見守る領地はもう存在しないのだった

向日葵

夢の幾つかは不可解だ
緑の草のなかには手掛かりひとつ探し出せない
兄弟が四散し
路上に迷う者がいても
道案内をする人はいない

次の出会いは或いは今から期限なしなのかも知れない
光り輝く向日葵は
誰のもの？
ある午後の
草叢のなかで目をパチクリさせる蜻蛉のもの？

青苺

青苺が去就に迷っている時に
一陣の風がどこかの山の頂から画策して
思いもかけず嵐がやってきた
それを解読しようと企んだが
そんなことは骨折り損だった

春は来たかい?
母の寄こす便りの問いかけはとうの昔から
冬の陽射しの上で停止していたが
問いかけは必要なのだった
青苺は丘の外へ吹かれてばらばらなのだから

真夜中

一

真夜中になろうとしているのに
おまえはまだ来ない
青いポルシェは風のように走り去る
乗っている女はかすかに見えている

この一杯の酒は飲み干さなくてもよい
この一杯の友誼もおまえは認めなくてよい
だがあの夜のぼんやりした曖昧さは
認めないわけにはいかない

真夜中の不吉なベルが鳴る

おまえは来ないという運命になっている
私は狂い踊る人の群れにケイタイを放り投げる
人々は先を争って
曾ての純真に跳びかかる

二

次の駅は女性大スターではなく
武漢の天と地だ
庭園の道だ
夜中だ
ネオンだ

おまえがどのように羽を広げて飛び立つのかを見て
準備しよう
幸福へと急ぐのかそれとも更なる夜へと急ぐのか
私は元の場所に立ち止まり
ひとたび立ち上がって千年

私はそこにおまえのすらりと立つ姿を目にする
ほほ笑みはまるで
あの夜の月光のようだ

三

よろしい
私に告げる声がある
純真はこの夜のものではない
不断に新たな始まりがあれば
それこそ不断の純真だ

雨が落ちてきて都市をびしょ濡れにするのは
ちょうど千年の後
この夜は何としよう
陶酔するなら陶酔するがいい
帰らないものは帰らないのだ

どのような夜か

どのように引き取るか
どのように都市であるか

別れを告げる

春はまだ完全にはやって来ていない
おまえが心の張り裂けるほど悲痛な声で呼んでもまだ千里の向こう
心の中にわずかに残るもの哀しさが
南中国の海を通り抜けて
運命付けようのない彼岸に向かって前進している

幸いにも春は終にはすっかりやって来るだろうから
満開のキワタの花はそこに咲いているのだ
おまえに告げたというのは高々おまえに告げたというに過ぎない
おまえは来たのだ　たとえ
大声で叫んで通り過ぎて行ったのだとしても

この春は不安が多い
こんな風に恐れ惑う春はどのようにして夏へ引き継ぎをするのか
ちょうど少年が
故郷の小山で遥かに望むときの海のようだ
手を伸ばせば届くようであり　それでいて
遠くて届かない

春はきっと来ると私は言ったが
もしかしたら時期に間に合うことなくやって来て
もうとっくに離れているのかも知れない　春は結局
きっと来るのだ

雲は不断に積み重なり
少年の様々な顔かたちを重ね積む
午後に目を覚ました青春は
まだ別れを告げるのに間に合う
そうだ　春に別れを告げる
逆巻く波の雲に　紺碧の海に　別れを告げる

願い

一生かけて願いごとを積み重ね
一刹那の青春のときを懐かしく思い
ただおまえの最良の毎日のために
額づき通そうと思う

時の過ぎてゆくなかで
私は一生の思いを書き表す
懐かしさと祝福が
静けさのなかを漂い広がってゆき
数え切れない夜を靄とともに
ずっとどこまでも漂ってゆく

私はずっといつまでも
仏の懐のなかにあって
おまえたちの為に祝福するだろう

春景色

春景色の一部はいつまでもそこにあるが
痛みの大部分はみな昨年の冬に埋まっている
目に見える執着は
未明に目を覚ますことはなく
目覚めている夢は依然として漂う

祝福

とびっきり新しいこの春に
すべての念力で
すべての花が咲きそろうのを祝福しよう
百合は朝未だきに目を覚まし
春に関するあらゆる知らせを連れて
夏のある日にひらひら花開こうと静かに待っている
白い鳥は牧場の上空を線を描くように飛び過ぎ
鳴り響かないところのない音楽のなかに見えている
歳月の平野の青緑は相変わらず
私たちにそれぞれの道を開かせている
百合を満開にさせ　鳥に空を旋回させている
あらゆる人にこのとびっきり新しい春を見せている

外祖父――「清明に人を偲ぶ」の一

お爺さん　このような静かな夜
あなたにどのように呼びかけたらいいのでしょう
一切に寛容だったあなたの情け深さは今もずっと生きています
あなたが去った日のことはありありと目に浮かんできます
でも　苦難は必要なことだったのでしょうか
このところの春の日
空一面をおおう柳の綿が
観音開きの窓格子に当たります
私はどうしても頭を下げて
あなたのまだ離れていったことのない祝福を受けなければなりません
私のすべての歳月に温もりをもたらした祝福を
受けなければなりません

曾卓先生——「清明に人を偲ぶ」の二

あなたは懸崖の辺りの一本の樹というだけではありません
あなたはあらゆる鳥そして詩歌の生息する森林です
あなたが歌う老船乗りの歌は
去り難い河沿いの都市にいつまでも留まっていました
痩せてしかも度量の大きいこの都市の良知が
まだ離れたことがないのとまるで同じです

あなたの座ってはならない汽車はありません
あなたが到達できない向こう岸もありません
夫人の琴の音のなか
あなたと愛の詩句はすでに深い眠りに入り
再び目を覚ますことなく……

孟然——「清明に人を偲ぶ」の三

春景色の一部はずっとそこにありますが
痛みの大部分はみな昨年の冬に埋まっています
残されている雲も虹も
あなたがこの世界に残した美しさははっきり覚えていません
だが目覚めている夢はむしろ依然として明瞭です
遠ざかる灯
遠ざかる春景色
そしてあなたに関わる歌も
風と共に四散します
それはあなたに関わる長江の水なのか
それとも誰かに関わる都市なのか
どちらにしても重要なことではありません

重要なのは独り世間に酔う時も
あなたの顔をしっかり覚えていられるということです

栄全君――「清明に人を偲ぶ」の四

故郷の優しい土は
依然として私たちの心残りを埋葬し終えていないよ
君よ　どれほどの多くの夜に　まだ君が
この土地を見守っていることを夢に見ることだろう
雨水も君の去り難さをずっと心底から訴えて
重陽から清明まで降るのです
君が涙でぼやけるなかで
君の残した熱心さと頑張りは日毎に目にありありとしてくるよ
こうして私たちは深く信じているよ
君は　本当はずっと存在し続けているのだと
君よ　私は来世のあることを信じているから
来世には必ずまた君と兄弟になりたいよ

なぜなら・だから

一

なぜなら　私の偲ぶ気持ちが
橋の上で予期せぬ雨に湿らされて
川面に滴り落ちたから
思えば　そんな日には決って海辺で
長らく御無沙汰の雨粒に
出会うことになる
否　本当のところはもう一滴なのではない
真正面からやってくる海の水は
雨が変化して出来上がった偲ぶ気持ちを含んでいるのだ
しかも　もう引き返すのは難しい
しかも　ずっと心底から言っている

ずっと心底から言っているのだ
必ず覚えておかなければならない　愛とはまさしく
あの湾　あの夕陽　あの微風が一切を記憶したというような……

二

なぜなら秋だから
なぜなら夜だから
なぜなら感動だから
なぜなら呼びかけだから
なぜなら小声だから
なぜなら以前に知っていた声のようだから
なぜなら時間だから
なぜなら明日だから
なぜなら言葉一つが詩になるのだから
別れを告げる両手を振れないのは
夜明けが夢みる憧れを振り払えないのと全く同じだ

三

なぜなら午後に駆け回る青春だったから
私は粘り強さをしっかり記憶していたのだ
なぜなら山にひらひら満開のツツジだったから
私は情熱をしっかりと記憶していたのだ
なぜなら声を詰まらせた挨拶だったから
私は真心をしっかりと記憶していたのだ
なぜなら港の長期の待機だったから
私は後悔しないことをしっかりと記憶していたのだ
なぜなら愛だったから
私は愛をしっかりと記憶していたのだ

忘れる

冬だからという理由で
裏切りが習いとなり
とうとう都市のネオンは私を置き去りにし
予想もしなかった別れが
通りに佇んでいた
よそよそしい街灯が順を追って消えてゆくと
過去をまざまざと見ることができた
そこからはどうすることもできなくて
確かめることができたのは
私たちが終には老いてゆき
あらゆる裏切りを忘れるということだった

まるで冬が雪を忘れるようなもの
ひょっとしたら　老いた日はちょうど冬で
ごく普通の冬で
心を動かさない冬へと雪が舞い散るのを見ている

辺境都市

今日携帯電話は恥になる
今日喧噪は恥になる
今日月光だけが余っている
今日辺境都市の詩歌だけが余っている
何世紀も前から歌い継がれて今に至っている
「葡萄の美酒夜光の杯」* を残すことは可能だ
酒が十六巡してから再び私の言うことを聞いてくれる
黒い目の少女たちについて
私と兄弟たちについて
数世紀前にはもう失われていたそれら
月光について

辺境のその都市の伝奇について

＊王翰（盛唐）の七言絶句「涼州詞」の起句。

楽器の響き

私は自分が透きとおっていて
馬が透きとおっていることを発見した
私の愛
私の奔走は透きとおっている
野山を満たす楽器の響きも透きとおっている

草原

どうして　草原はどこも悲嘆にくれる歌なのか？
何故って　私の彼女はもう遠く去ってしまったよ

満ち引き

遠く去っていったのは海
かつては手を伸ばせば届いた思い
絶望の花びらが絶え間なく辺りに散り広がると
くっきり見える道は
もう尋ね当てることができない

許すにしろ拒むにしろ
どちらにしても妥協は必要
ちょうど昨日の満ち引きを拒もうとする暗礁のように
たとえもう済んだことでも
わずかな温もりがまだ留まっている
鋭く又くっきりと

菩提樹

私は菩提樹下に座して
石になる
過ぎ去った一生を
懐かしむことによって
或いは来たるべき一生を
思い浮かべることによって

IV

賛美

春一番の詩を
おまえに贈ろうと思う
懐かしい気持ちや成長や称賛を詩にして
おまえに贈りたい
陽の光はほどよく心地よい
時間はどういう訳かこれまで一度も
立ち止まったことがなかったけれども
私はやっぱり
一番早い春の日に
最初の詩をおまえに贈ろうと思う
たぶん　春についての第二番目の詩は
もう書けないだろうけれど

結末

一切がふっと止まったと思ったら
何とも　このように間延びした結末よ

その冬の
最初の雪が来るまえに
さよならを言ったのだろうか？
かつて把握しきれなかった付き合いも
くっきり見えている

春が立つ前にぴたり間に合ったが
辺り一面に散っていた落葉の

どの一葉の
発した懐かしい想いが
潮のように湧いてきたのか
誰も覚えていない

夏の日の海は
天に接するところまで続き
見わたす限り果てしない

それから
分かったのだった
互いに遥かに隔たっているというのは
おまえを想い起す
その一瞬に
過ぎないということだと

列車

東へ行く列車に乗ると
村は瞬く間に過ぎ去った
収穫に出た父に別れを言うどころではなかった
飛ぶようなスピードだったのだろう
都会が見えてきた
ぼんやり見えていた
どこかで痛みを感じてもいた
瞬く間に遠ざかった森
遠山はじっくり眺めようがなかった
トンネルを抜けると
子供時代の自分が見えた

列車を後ろから追いかけて
楽しそうに叫んでいる
何の悩みもないというように楽しい声を上げている

老いる

私が老いてしまったら
若かったころの顔かたちしか覚えていないだろう
おそらくおまえがその時に離れていったことを想い起すことだろう
痛みはとっくに無くなっている
その上満足気に笑みを浮かべることもできる
おまえが離れていった後の諸々は私とは関わりがない
何とも気楽なのだ
何とも多くのことが自分とは無関係なのだ

祖国

私は自分の祖国がどれほど大きいのか知らない
余すところなくすべての土地に行こうとしても
ましてや全ての都市に行こうとしてもどうにもならない
だから
私の故郷こそが我が祖国に他ならない
私に温もりをもたらす都市こそが我が祖国に他ならない
私に感動をもたらす山河こそが我が祖国に他ならない
私は我が故郷をこよなく愛する
私は私に温もりをもたらすあらゆる都市をこよなく愛する
私は私の心をときめかせる山河をこよなく愛する
だから

私はそういう風にして我が祖国もこよなく愛する
だから
私は決まって祝日ごとの
楽しい集まりのたびに
我が祖国を祝福する
それは私たちの故郷を祝福するのと全く同じ
そのように真心から
そのように心の底から
疑いの余地もなく

時間

過去には永遠に借りができない
未来とは思いがけない出会いをする

過去

よろしい　言葉では言い表せない怖さを
描写してみよう
春が離れていった時に
始まった怖さを

都市のネオンはだんだん薄暗いものになった
おまえにとって
雷雨にとって
そのうえ漂い散ったものにとっても薄暗い
いや違う　散り散りになった落葉は
尋ね当てる方法がないのだ

よろしい　それを描写してみよう
それを描写してみよう
瞬く間に過ぎ去っていった
過去を

正直な告白

夢を通って過去のもろもろに
こっそり入っていっても
全部を測ることはできない
深さを測ることはできない

おまえの跡形ときたら
きっと　そのような過去の内にはないのだ
ならば　どうやっておまえを探しにいこう
百合の香りを頼りにするだけでは
不充分だ

そこで　私はおまえの両手を押し広げて
正直に告白するのだ

開始

時間は身体を横向きにして過ぎてゆく
私たちの消息に
聞き耳を立てる余裕がないのだ
そうであるからには
やっぱり私たちは村から
始めることにしよう
草が繁りウグイスが飛ぶところから開始しよう
もうそこに生半可な言葉は当てはまらないけれども

喜望峰

もっと遠くまで航行するには
要するに対岸が必要なのだ
停泊に使う
補給に使う
感情が痩せこけたりしないように
逃げ去るのだ

喜望峰の岩が
咲かせた花は白い色か
それとも透き通っているか
まだよく分からない

ただ何かの夢の声だけが
まだ滴り落ちている
一滴一滴
時間の影そっくりだ

白い色の記念碑には賛成してもよい
しかし誰も訳を聞こうとしない
たとえ真水が目と鼻の先にあっても
上陸した人々は
全く関心がなく
ひたすらアフリカ大陸の方角を見ながら
猛スピードで走って……

そのまま――
喜望峰が
もう眺められなくなるまで

南アフリカ・蟻

植物は細部にこだわっていない
動物はほんの僅かしかいない
ただ蟻だけが苦心して自分の宮殿を
編んで　四季全て春の如し
そんな風にして自分で自分をよしとしている
そんな風にして気兼ねするところがない

世界

世界について私の知るところはとても少ない
隠された遺り取りは
時間のカーテンコールに応えた後に登場するのだから
本当の存在をしっかりと覚えておくか
さもなければ如何なる痕跡も留めないかだ
もともと忘却は存在しない
何故なら世界について
私の知るところはとても少ないからだ

供養

その後の供養がこのようにお粗末なものになるとは
おまえには想像のしようがなかっただろう
おまえと共に埋められた努力と抗いにも
思いが及ぶことはなかったのだ

供養がこのようにお粗末なものなら
おまえが　目の前の野の花のことを
吹いて過ぎる風のことを
朝の露のことを
今もまだ忘れていない人間だと思うことが
おまえに対する供養だよ
たとえもうそれらの行方は分からないのだとしても

気ままな話

子供についておまえと気ままに話をしたいだけだ
雪解け後の野原についてあれこれ四方山話をしたいだけだ

私たちはやっぱり気ままに話してよいのだ
私たちがまだ子供だったとき
駆け回るのに何の気兼ねもいらなかったことを気ままに話すのだ

私たちはやっぱり子供と直接に
気ままな話をしたってよいのだ
彼らの出会いの幾つかを気ままに話してよいのだ

私はそれらのことを気ままに話したいだけだ
何故って他の事については何にも無駄話をしたくないのだから

雪の花

雪の花はどれも撫でてやるべきだ
雪は時には柔らかい
時には鉄のように固い
こんなふうに雪は人の気持ちが分かるのだから

雪の花だって待っていることはできない
雪が遠くへ行ってしまう前に
充分に撫でてやろう
何故ってその帰ってくる時期を
私たちは知るすべがないのだから

ヤプリ・大雪

大雪だけは台無しにしてはいけない

＊ヤプリ＝ハルピン東南２００キロほど、小興安嶺山脈の支脈にあるスキー場。

宝石

宝石に慰めは要らない
寒い冬が次第に遠ざかってゆくと
入り乱れた枝葉は土の中へ深く入ってゆくが
まだまだ冷え冷えと湿っぽい思いは
既にだんだん落ち着いてきた間近な魂に
侵入されて騒いでいる

それから岩石になったら
硬い骨はみんな消え失せて跡形も無くなり
まるで初秋の平原のように乾燥し
広々と果てしなく何にもすることがない

最後にはわずかに残った少しばかりの息が
岩石の心中に浸み込んで
折よく海水が一滴通り過ぎると
底まで静かな潮の満ち引きと
時に明るく時に暗い月光が残される
泥の中で
岩の層の中で
魂を
硬く変え
虚無に変え
慰めの要らないものに変える

石

石は時に優しいが
何によって優しいのか
私たちには理解する方法がない
その石は往事を思い出したのかも知れない
本当は知っているのかも知れない
私たちの何かの努力が
終には骨折り損のくたびれ儲けになることを
石は春風にむかって
ちょっと笑いかけただけ
なのかも知れない

都市

都市について私が知っていることはとても少ない
そこが隠している往来は
路地で千鳥足だ
高架橋と地下鉄の入口には
盛大なショウ
だがまるで満天に大雪がやってきたような様で
何の生気もなく
過去とは何の関係もない

どこそこの都市は重要でないなどと　どうして言えよう
あたかも代々伝わる文化遺産のように

まだ温度を保っているのだ　だがそれを
撫でにくる人は　もうそれを尋ね当てようがない
人が来るだけでよいのだ
街角かそれとも路地か
乗り継ぎか　それとも短期滞在か
どちらにしても重要なことではない

もっと見えていない絆は
肩と肩をすれすれにすれ違うそのたびに
二日酔いするそのたびに
きれいさっぱりと忘れられている
この都市の去年の雪のように
その盛大なショウのように
花火　虹　赤い唇　美酒……
ひとつ又ひとつ跡形もなく
溶けて　しかも元にもどってはならないのである

温もり

あのように多くの時間
あのように多くの歳月
あの蝉の声
あの山林
あの雪の花
あの海
みんな在った

その冬
その少年
その潮の満ち引き

その街角
その団欒
そのサヨナラ
みんな
そのように
温もりが在った

是非にも　私たちに情熱を語らせ
感動を語らせ
語句について語らせ
温もりのために用いよ
まだ少年だったときに鳴いていた蝉を
まだ舞い落ちていない雪の花を
月光に照らされた海を

『少年の詩』解説に代えて

本詩集『少年の詩』は、二〇一六年七月に長江文芸出版社から出された『少年辞』を訳したものである。「辞」は文のスタイルの一種で、『楚辞』の流れを引く韻文であり、例えば前漢の武帝劉徹には「秋風の辞」、東晋末の陶淵明には「帰去来の辞」がある。ここではこの「辞」を「詩（うた）」とした。

「澎湃ニュースネット」の洪燕華記者の二〇一八年三月七日の記事によれば、閻志は、二月二十八日ヤプリ（本書141ページ）で行われた中国企業家論壇第十八回年次総会における〈中国ビジネス精神〉というテーマの場面で、自身の「四十年へ贈る手紙」を朗読した。それは三篇の詩によって、詩人から商人へと切り替えられた四十六年の人生を振り返ったもので、それを次に紹介して訳者の解説の代わりとしたい。

閻志「四十年へ贈る手紙」全文

二〇一八年は中国の改革開放（注①）四十周年であり、ヤプリ論壇は節目を迎えました。私はこれまでの四十年の心の歩みを振り返ってみたいと思います。

私は今年四十六歳です。六歳から記述するなら、この四十年はうまい具合に私のこれまでの成長、生活の全過程を貫いています。

私は大別山地区の田舎町に生まれました。父は末端の幹部で、林業に従事し、母は腕の良い手工業者で、ミシンで刺繍をしていました。上には五人の姉がいました。こういうわけで、中国の一般的な山間部の田舎町、最も普通の家庭なのでした。私にすべての温もりと素晴らしいものを与えてくれました。いま目を閉じると、それがどんな時であっても、少年時代を想い起こすことができ、田舎町の一木一草を、果ては通学途中に蹴とばした石ころ、ジャンプすれば叩けそうな木の葉まで想い起こすことができます。父の事務机に本が載っていたことも覚えています。『三中全会（注②）以来の重要文献選集』という本でした。

いま思えば我が家には子供が多かったので、実際のところ、少年時代の我が家はとても困窮していました。父は年末になる度に所属組織から借金をして年越ししなければならず、そのことが印象に残っています。後に、家で豚を飼育することができるようになり、さらにその後、家の庭で栗の木の苗を植えるようになり、生活はようやく真実いくらか豊かになったのでした。田舎町に人の数は多くなく、人間関係は単純明快、心温まるもので、一人一人を熟知しているという感じでした。

八〇年代はこんなふうで、生活は始まったばかり、常に変化していて、常に希望を抱いていて、常に温かみを感じていました。数年前、高速鉄道に乗って大別山地区を通り過ぎたときに、一篇の詩「列車」(本書122ページ)を書きました。

この詩は二〇一六年に出版した詩集『少年の詩』に収められています。そうです。私はつまるところ田舎町の少年であり、永遠に田舎町の少年であることを真実希望するものです。

中学生になり、私は読書が好きになりました。但し一番愛読したのはやはり金庸の小説でした。二年生のときに数人の仲間と自転車に乗って県城まで行ったのは、ただ金庸(注③)の『倚天屠龍記』一冊を買うためでした。後に詩を書き始めましたが、高一の失恋があって、長詩「秋の恋歌」を書いたことを覚えています。これが私の最初の詩ですが、残念ながら今それを見つけ出すことはできません。後に学校の文学サークルの代表となり、十七歳のとき県刊行の新聞に処女作を発表し、十八歳には最初の詩集『風雲』を出しました。

かくして私は一人の文学青年になりました。こうして地方史の編纂、文学関連出版物の編集、新聞社の記者をやりましたが、文学の夢ばかりを見て、大詩人になることばかりを想い描いて、書店を開くことばかりを想っていました。

ところが九〇年代の中国は紛うかたない転換期を経験する最中でした。詩について尋ねる人はいないし、詩人では家を買うことができない。都会で部屋がなければ恋人を見つけるのも難しい。「下海（脱公務員・脱サラして商売を始める）」は九〇年代における出現頻度最高の言葉の一つとなりました。私の印象に残っているのは、新聞社で財政経済記者および編集を行っていたとき、私が「嘉徳バーゲン」、「復星科学技術」、「インターネット高速回線始まる」といった原稿を発信していたということでした。但し私は以前どおりの詩人、記者であり、無一文なのでした。

一九九六年、生活の糧にと、出版業者のために『アンディ・ラウの逃避行――天の神の王アンディ・ラウ（劉徳華）』という本を書き、二万五千元の原稿料を手にしました。借金を完済し、携帯電話を購入し、部屋を借り、私が業務内容を最もよく知っている会社――広告会社を立ち上げました。このとき私は二十四歳でした。当時の私は『会社法解読』というような本を手にし、どのように会社を立ち上げたらいいのか研究していました。

九〇年代、二〇〇〇年代は熱血の年代でした。しかし、不断に質的変化が起こり、再生する年代でもありました。

一人の会社、数人の会社は至るところに在り、大量に登場してまた大量に倒産し、またまた大量に登場しました。時流のうねりのなかで初心を堅持してやってきて、大きくなり成功した専門業種の会社は極めて少ないのです。もっと多くの会社は、私がそうであるように不断に改め、不断に調整して適応しています。今年しか見えてきません。来年奮闘している人の姿は見えないのです。

「卓尔（注④）広告会社」を立ち上げて二年で、当時の湖北最大の広告会社になりました。私もまた中国で最も早く記事形式の広告を創り出した人間であり、主要な書き手でした。しかし広告業界は、少なくとも当時にあっては甲方に売り込んでも、まだ乙方に売り込まなければならないという時代で、家電ブランドのためにコマーシャル原稿を書くことを通し、やっとのことで取引先を増やしても、さらにメディアに対して好位置、好価格を求めなければなりませんでした。ある焼酎ブランドを数千万規模の売上げから、やっとのことで数億にしても、目を離すうちにお呼びが掛からなくなり、明細書は美女の方へ回されてしまうのでした。かくして尊厳もへったくれもありません。そこで実業をやることに決めました。事業は困難の連続でしたが、相次いで酒造工場、学校、製薬工場をやりました。しかし、そのときから現在に至るまで頑張っているのは紡績だけです。

紡績はそれほど儲からず、不動産をやりました。不動産には大資本がいらなくて、土地・家屋・工場などの不動産、工業団地を手掛けました。上場後、不動産の評価価格は下がり、私たちはインターネットを擁して、電子取引プラットホームをやりました。

今日は筆を執ってここまで書きましたが、まるで二十歳そこそこの青年が山奥を探し歩いて、いきなり広々としたところ、明るい光にたどり着いたという感じです。いま森に迷ってどうしようもなくなったかと思えば、またすぐに山頂に立ちます。それが高峰だと思って、周囲を見回せば、そこにも高峰が林立していて、そこで、自分が小山に立ったに過ぎないことをようやく発見するのです。

また　まるで　何かを追い求め、理想を抱いた秀麗の文学青年が、時代、商売によって、禿げ頭で、腹が出て、脂ぎった中年の創業者に変えられたのを目にするようでもあるのです。

二〇一六年、私に〈年間十大経済人〉が公布された時、司会者が私の詩「宝石」（本書142ページ）を読みました。

気楽に成功できる人は一人もいませんし、うっかりでし損ねたということのない人はいませんし、恐くてどうしようもないという経験のなかった人はいませんが、幸いなことに私たちはみんな父母の宝石であり、自分自身のほうせきなのです。

二〇一七年の後半、中国は新しい時代に入り、二〇一八年は改革開放四十周年です。私も自分自身とグループのために青写真を描いていますが、不惑も六年を過ぎました。方向のはっきりした事をやり、自分を楽しくすることが他人を楽しくするようなことをしたいと思います。その第一は、知恵によって天下の商いを結びつけること。消耗品、農産品、大量生産商品の企業間取引のプラットホームを構築し、インターネット、物流網、ＡＩなどの手段を通じて交易や商取引を連結して、不動産、物流に便宜を供し、連結管理、金融などのサービスを提供し、新たな商売スタイルを構築して、取引効率を上げ、取引コストを低減します。

第二は、知恵によって素晴らしい生活を造ること。私たちの綿紡績業、飛行機製造、観光サービス、金融サービスなど、すでにある資産を優れた立派なものにして、人々の新しい生活スタイルを構築し、人々の素晴らしい生活に対する憧れを満足させることです。

「知恵によって天下の商いを結びつける、知恵によって素晴らしい生活を造る」というこの二つの言葉は、私たちがしていること、しようといていることを、ほぼ明瞭に述べています。この二つの言葉をつなげたものが〈卓尔〉の価値観です。当時は広告をやっていましたし、現在は銀行をやり、飛行機をやり、取引プラットホームをやり、トラベルサービスプロジェクトをやっていますが、たとえどれをやるにしても、顧客のために価値を創造しなければならないと、私たちは常に思っています。

時間は最も厳しいものです。歴史は一切を収穫することになるでしょう。

私は昨年十月に田舎町に帰り、母が再建を願っている寺院で、一篇の詩「風を聴く」を書きました。

風を聴く

故郷の山々の連なるところに
私は小さな寺院を
建てようと思う

そこでは　朝の鐘　夕暮れの太鼓が時を告げるが
過去ともう一度相見えることはない
他人は許した
自分のことも許した
御経の内容を理解するのは難しい
だが　大多数の勤行は　ただひたすら
子供たちと全ての善良な人の為に幸運を祈っているのだ
徒然に
草が風に揺れ
頑強に成長しているのを見ると
風が吹き過ぎ
すると必ずひさしの下の風鈴が響き始める
そうなれば山の麓の故郷を
訪ねたときのことが思い出され
今も私の心はついどきどき躍ってしまう
だから　風の止むまでは
もっとたくさんの御経を唱えていて欲しいのだ

重要なのは、まだ風があるということです。心配があるということです。拘りがあるということです。

四十年の節目の敷居に立ち、私たちはよりはっきりと見ることができるようです。よりゆったり落ち着くことができるようです。

皆さん、有難うございました！

以上、『百度』上の記事を引用させていただいた。

『少年の詩』解説に代えて　注

①改革開放＝一九七八年以来進められてきた中国の基本政策。政治経済体制の改革と国内市場の対外開放を二本柱とする。農業の各戸経営、企業自主権の拡大、市場経済の推進、外国資本・技術の導入などが主な内容となっている。

②三中全会＝一九七八年十二月に開催された中国共産党第十一期中央委員会第三回全体会議の略称。この会議によって改革開放路線への転換がなされた。

③金庸＝一九二四年〜。中国の、武侠小説を代表する作家。『射鵰英雄伝』、『天龍八部』など、世界の中国語圏で絶大な人気を誇る。ほとんどが映像化され、日本語訳も多い。

④卓尓＝繁体字では「卓爾（たくじ）」。高く抜きん出て、優れている様を言う。『論語』子罕篇の、顔淵が師の孔子について述べた言葉のなかに「立つ所ありて卓爾たるが如し（先生はあちらの高みにすっくと立っていらっしゃる）。」とある。閻志は「卓尓書店」も営んでいる。

二〇一八年四月三十日

竹内 新

著者略歴

閻 志（Yan・Zhi《イエン・ジイ》）

一九七二年、湖北省黄河市羅田県生まれ。武漢大学卒業。一九九九年、中国作家協会入会。『青年文学』、『詩刊』、『星星』等に文学作品を発表。詩集に『明日の詩篇』、『閻志詩選』、『挽歌と記念』等があり、作品は英語、日本語等に翻訳され、第二回徐志摩詩歌賞、第八回屈原文芸賞等を受賞。『中国詩歌』主編。卓爾持ち株有限会社代表取締役。卓爾グループ理事長。

訳者略歴

竹内 新（たけうち・しん）

一九四七年、愛知県生まれ。名古屋大学文学部で中国文学を専攻する。一九八〇年から八二年にかけて、中国の吉林大学で日本語講師をつとめる。著作に詩集『歳月』、『樹木接近』、『果実集』（第55回中日詩賞）、訳詩集『中国新世代詩人アンソロジー』（正・続）、『麦城詩選』、『田禾詩選』、駱英『都市流浪集』『第九夜』『文革記憶』がある。

少年《しょうねん》の詩《うた》　中国現代詩人シリーズ2

著者
閻《イエンジ》志《イ》

訳者
竹内《たけうち》新《しん》

発行者
小田久郎

発行所
株式会社思潮社
〒一六二－〇八四二　東京都新宿区市谷砂土原町三－十五
電話〇三（三二六七）八一五三（営業）・八一四一（編集）
ＦＡＸ〇三（三二六七）八一四二

印刷・製本所
三報社印刷株式会社

発行日
二〇一九年二月二十日